中国文化经典基础教育诵本

诗经

吴小晴　主编

黄河出版传媒集团
阳光出版社

图书在版编目（CIP）数据

诗经 / 吴小晴主编. -- 银川：阳光出版社，2016.8（2020.12重印）
（中国文化经典基础教育诵本）
ISBN 978-7-5525-2958-6

Ⅰ.①诗… Ⅱ.①吴… Ⅲ.①古体诗－诗集－中国－春秋时代 Ⅳ.①I222.2

中国版本图书馆CIP数据核字(2016)第220130号

中国文化经典基础教育诵本　诗经　　吴小晴　主编

责任编辑　陈建琼
封面设计　民谐文化
责任印制　岳建宁

黄河出版传媒集团
阳光出版社　出版发行

出 版 人　薛文斌
地　　址　宁夏银川市北京东路139号出版大厦（750001）
网　　址　http：//www.ygchbs.com
网上书店　http：//www.shop129132959.taobao.com
电子信箱　yangguangchubanshe@163.com
邮购电话　0951-5047283
经　　销　全国新华书店
印刷装订　河北燕龙印刷有限公司
印刷委托书号　（宁）0019195

开　　本　710 mm × 1000 mm　1/16
印　　张　7.5
字　　数　90千字
版　　次　2016年11月第1版
印　　次　2021年1月第2次印刷
书　　号　ISBN 978-7-5525-2958-6
定　　价　22.50元

编者的话

古往今来，绵延五千年的中华文化，一直滋养着生生不息的华夏民族，多少仁人志士，在国学经典的引导激励下，谱写了一曲曲慷慨激昂的壮丽篇章。那些饱含圣贤宗师心血的经、史、子、集，历经发展和丰富，融入了中华民族的血脉，铸就了中华民族的脊梁，毋庸置疑地成为宝贵的文化遗产、浓缩的至理名言、永恒的精神食粮、深奥的智慧结晶。

这些国学经典，字字珠玑，篇篇隽秀。其中哲言警句、诗词寓言、成语典故、道德伦理、人文史话、风俗礼仪等无所不有。在全社会开展社会主义“八荣八耻”荣辱观教育的今天，在各学校努力培养德、智、体、美、劳复合型人才的同时，让学生捧读国学经典，和圣贤“对话”，与古人“沟通”，树立“天下为公”的理念，培育“爱我中华”的情衷，无疑具有深刻的现实意义和历史意义。

为此，我们精心汇编了易读、易记、易学、易用的国学启蒙教育丛书——《中国文化经典基础教育诵本》，共有《论语》《孟子》《尚书》《大学》《中庸》《礼记》《孝经》《诗经》《易经》《春秋左氏传》《三字经》《千字文》《弟子规》《增广贤文》《笠翁对韵》《幼学琼林》《唐诗精选》《宋词精选》十八册，旨在使少年儿童自幼养成仁慈博爱、乐施行善、孝亲敬师、包容宽厚、诚实守信、自强进取、好学勤劳、谦虚谨慎的传统美德。

另外，我们针对少年儿童心理、生理、能力、智力的特点，分别设立了“快乐诵”“注译窗”“博学角”“智多星”“七彩板”五个版块。并以其译文精确、故事贴切、图文并茂、寓意深刻等特色，极大地满足并迎合了少年儿童学以致用、模仿互动的需要。

亲爱的小读者：当你们看到“启明星”早早地在天边迎接太阳冉冉升起的时候，一定会明白我们编写这套丛书的初衷。但愿这颗“启明星”能与你们相随相伴、相融相通，帮助你们实现高品位、高质量的美好人生。

目录

诗经

关雎

快乐诵

关关雎鸠①，在河之洲②。
窈窕③淑女，君子好逑。
参差④荇菜，左右流之。
窈窕淑女，寤寐求之。
求之不得，寤⑤寐⑥思服。
悠哉悠哉，辗转⑦反侧。
参差荇菜，左右采之。
窈窕淑女，琴瑟友之。
参差荇菜，左右芼之。
窈窕淑女，钟鼓乐之。

看看下面的注释，你就知道它是什么意思了！

①雎鸠：一种水鸟。

②洲：水中的陆地。

③窈窕：内心、外貌美好的样子。

④参差：长短不齐的样子。

⑤寤：睡醒。

⑥寐：睡眠。

⑦辗转：转动。

关关鸣叫的水鸟，
栖居在河中沙洲。
善良美丽的姑娘，
好男儿的好配偶。
长短不齐的荇菜，
姑娘左右去摘采。
善良美丽的姑娘，
男儿梦寐欲相求。
思念追求不可得，

醒来做梦长相思。
悠悠思念情意切，
翻来覆去难入眠。
长短不齐的荇菜，
姑娘左右去摘采。
善良美丽的姑娘，
我以琴瑟亲近你。
长短不齐的荇菜，
姑娘左右去摘取。
善良美丽的姑娘，
我用钟鼓取悦你。

博学角

百里奚听歌认妻

春秋时期的虞国人百里奚，在很小的时候就靠给人放牛为生，生活很窘迫，到了三十多岁，才娶了一个名为杜氏的妻子，杜氏非常贤淑，而且能歌善舞。后来他们还生下一个儿子。百里奚是个有才华的人，面临贫穷的家境，便想出去闯一闯，好光宗耀祖。

但是他的运气并不好，几年以后却身无分文地回家，家里一个人也没有，原来妻儿跑到外面躲避灾荒去了。无可奈何之下，百里奚只好又出去闯荡。几年以后，他当上了虞国的大夫，但没过多久，晋国把虞国给灭了，百里奚也被抓了起来。晋献公知道百里奚很有才能，愿意重用他，但他不为所动，不想给敌国效劳。后来，秦国向晋国求婚，晋献公就把大女儿许给秦穆公，将百里奚作为陪嫁一并送给秦国，百里奚在半道上就逃跑了。秦穆公也是很早就听说过百里奚的大名，四处打听，知道他在楚国放马，秦穆公用五张羊皮将他换了回来，并拜他为自己的国相。

巧合的是，杜氏带着儿子四处逃荒，颠沛流离也到了秦国，儿子听说当今的国相是皇上用五张羊皮换回来的百里奚，就把这件事情告诉了母亲。杜氏没有轻举妄动，决定找到机会到相府去做点粗活。

有一天，相府大办宴席，音乐悠扬，勾起了杜氏的思夫之情，情不自禁地按节拍吟唱了起来：百里奚，五张皮，可记得……锅白菜、煮小米，灶下没柴火，劈了门闩炖母鸡？今天富贵了，扔了儿子忘了妻？府内的国相听了马上就直奔过来，老夫老妻相见，百感交集，大哭一场。

智多星

1.百里奚在外闯荡的坎坷经历，说明了什么？

2.设想一下，如果杜氏直接找到百里奚，他会马上相认吗？说说你的理由。

3.杜氏的歌谣好在哪里？仔细分析一下。

4.在你的家乡,还有哪些广为流传的民歌？去收集整理一下，看看与《关雎》在风格与内容上有什么不同。

七彩板

通过今天的学习，你对中国古代民歌有了哪些新的认识？

芣苢

采采芣苢①，薄言②采之。
采采芣苢，薄言有之。
采采芣苢，薄言掇之。
采采芣苢，薄言捋之。
采采芣苢，薄言袺之。
采采芣苢，薄言襭③之。

看看下面的注释，你就知道它是什么意思了！

①芣苢：植物名称，即车前子。

②薄言：发语词，没有实义。

③襭：翻转衣襟插于腰带以兜住东西。

采了又采车前子，
采呀快去采了来。
采了又采车前子，
采呀快快采起来。
采了又采车前子，
一枝一枝拾起来。
采了又采车前子，
一把一把捋下来。
采了又采车前子，
提着衣襟兜起来。
采了又采车前子，
别好衣襟兜回来。

博学角

采桑姑娘的智慧

儒家学派的创始人孔子，并不因为自己的学问高而骄傲自满，他非常谦虚好学。一段时期，他为了向国君宣传儒家的学说，带着门下弟子游历各国，即使进行得不顺利，他也没有灰心丧气。

相传，有一回孔子和子贡、子路等人往陈国去。

这时春意盎然，莺飞草长，他们边往前赶边观赏沿途的风景。

他们路过了一片桑树林，有一位年轻的姑娘正在那里辛勤地采摘桑叶。

孔子见到这一景象，愉快地作一句诗："南枝窈窕北枝长。"出人意料的是，采桑姑娘接着念道："夫子行陈必断粮。"

"什么意思啊？"孔子和弟子们都摸不着头脑。

采桑姑娘笑眯眯地吟道："九曲明珠穿不过，回来问我采桑娘。”

他们觉得这位姑娘机敏聪明，但他们谁也搞不清楚究竟是怎么回事。子贡想一问究竟，被孔子拉住了，因为他们还有要事在身呢。

去到陈国，如同采桑姑娘所讲的那样，他们被冷遇了，甚至不给他们吃饭。陈国国君拿了一颗九曲明珠，对孔子说：“据说你很有智能，你能不能让丝线穿过这珠子？”九曲明珠，也就是珠子中的孔拐

了九道弯，孔子费了好大的力气也没能把线给穿过去。这时，他突然想起了采桑姑娘的话，明白了她的意思。

子贡找到了那位采桑姑娘，把老师的状况告诉了她，向她请教脱困的办法。

她笑着道：“你们在丝线上抹上油脂，把丝线系在蚂蚁的腰上，让蚂蚁爬进珠孔。”

“如果蚂蚁不愿意爬怎么办？”子贡又问。

采桑姑娘说：“如果它不走，就用烟熏，这样它就可以带丝穿孔，当它从孔里爬出来的时候，也会把丝线带出来。”

子贡告诉了孔子这个办法，解决了陈国国君提出的难题。

孔子对此感慨万分，说：“真是学无止境呀，如果不是碰到采桑娘，真不知道什么时候才能脱困啊！”

智多星

1.采桑姑娘没有直接告诉孔子将会发生什么事情，你认为有什么原因？

2.陈国君主对孔子的冷遇，间接说明了什么？

3.“采桑姑娘的智慧”一文说明了什么问题？

4.观察一下你周围的劳动妇女，看看她们身上有什么值得学习的地方。

七彩板

请再举出几个“三人行必有我师”的例子,并谈谈自己对此的理解认识。

甘棠

快乐诵

蔽芾①甘棠②，
勿翦勿伐，
召伯③所茇。
蔽芾甘棠，
勿翦勿败，
召伯所憩。
蔽芾甘棠，
勿翦勿拜，
召伯所说④。

注译窗

看看下面的注释，你就知道它是什么意思了！

①蔽芾：树木茂盛的样子。

②甘棠：一种落叶乔木，果实甜美。

③召伯：即召公奭，西周的开国元勋。

④说：休憩，歇息。

甘棠枝繁叶又茂，
不要修剪莫砍伐，
召伯曾经住树下。
甘棠枝繁叶又茂，
不要修剪莫损毁，
召伯曾经歇树下。
甘棠枝繁叶又茂，
不要修剪莫拔掉，
召伯曾经憩树下。

博学角

召公劝谏周厉王

周厉王当政的时候，残暴不仁，老百姓对他的暴政非常不满。召公就对厉王说：“百姓都受不了你的暴政了！”厉王大发雷霆，把巫师找来，让他严密监视那些指责朝政的人。只要巫师告诉那些人的名字，厉王就把他们杀掉。老百姓中没人敢说话，如果在路上碰到，也只是使使眼色而已。

看到这种状况，周厉王非常高兴，对召公说：“对老百姓的指责和非议，我现在可是找到办法来制止了，他们什么也不敢说了。”

召公摇了摇头，说：“把人民的嘴堵住，比堵住河流更加严重。河流塞了就泛滥成灾，会伤到很多人。同理，人民也是如此。所以，治理水的人要疏浚水道，使它能畅通无阻地流淌；治理国家的人也应该这样，使人民能够想说就说。天子处理政事，应该让大臣们积极进谏，让修史的官员进献历史典籍；让普通民众的话能够直达朝廷。这样才合情合理。

“人民用嘴发表对朝政的看法，为政的优劣就可以反映出来，当朝者就可以此作为参考，能够推行好的举措防止坏的举措。老百姓把他们内心考虑的事说出来，是件好事，怎么能堵塞呢？如果将老百姓的嘴堵上，那还有谁关心国家大事呢？”

周厉王没有采纳他的意见，而是一如既往地推行他的暴政，老百姓就再也不敢说话了。三年以后，老百姓就把他流放到彘地去了。

智多星

1.召公的劝戒没有奏效，你认为原因是什么？

2.想像一下“道路以目”的情景，和小朋友们描述一下。

3.请具体解释一下“防民之口，甚于防川”的意思。

4.周厉王的下场说明了什么？

七彩板

在你的家乡，有没有为了纪念某位著名人士而建的纪念碑？请了解一下，并讲讲他们的感人故事。

野有死麇

野有死麕[①]，白茅包之；
有女怀春，吉士诱之。
林有朴樕[②]，野有死鹿；
白茅纯束，有女如玉。
舒而脱脱兮。
无感我帨兮。
无使尨[③]也吠。

看看下面的注释，你就知道它是什么意思了！

①麕：獐子，比鹿小。

②朴樕：小树。

③尨：多毛的狗。

野地上有只死獐子，
用白茅草儿来包就。
有个女孩儿正当年，
那青年猎人来引诱。
林子里有棵死小树，
野地上有只死小鹿，
用白茅草儿来捆住。
有个女孩儿如玉珠。
缓缓慢慢地过来呀。
不要碰我的围裙呀，
不要惹我的狗叫起来！

博学角

无盐与齐宣王

战国时期的无盐，长得非常丑陋，让人不敢多看，四十多岁了还没有固定的居所。

在春秋战国时代，兼并战争此起彼伏，而各个国家的“民本思想”十分盛行，一个普通老百姓都可以直接面见国王，直陈自己的观点。有一次，无盐也到临淄求见齐宣王。

无盐对齐宣王说：“我很仰慕大王的美德，愿意听从大王的差遣！”

齐宣王看着这个丑陋的女人，竟然如此大言不惭，禁不住大笑起来。

无盐却一本正经地说：“太危险了，太危险了！”

齐宣王忍俊不禁地说：“究竟什么危险啊？”

无盐说道：“秦国和楚国在齐国的外围，都对齐国虎视眈眈，而齐国的内政却是糟糕透顶，大王你不辨忠奸，不立太子，对孩子们不加调教，而且你又好逸恶劳，夜夜笙歌。另外，你又大兴土木，浪费奢侈。可见已是危机四伏。”

齐宣王听了之后，非常震惊，说：“听了你的话，如同春风化雨。以后如果我有什么进步，都是拜你所赐。”

无盐第一次见到齐宣王，就能切中时弊，深深地打动了君王的心，他娶了无盐做王后。

齐宣王在无盐的帮助下，改革弊政，齐国的国力逐渐增强。

智多星

1.无盐敢面见齐宣王，原因是什么？

2.齐宣王能采纳一个丑妇的建议，你认为他可敬吗？

3.历史上还流传着齐宣王其他有趣的故事，去收集一下。

4.你还知道哪些貌丑但才高的妇女，和小朋友们说一说。

七彩板

以前，你在野外经历和见过什么有意义的事情，想一想，和朋友们说一说。

鹊巢

快乐诵

维①鹊有巢，维鸠居之；
之子于归，百两御之②。
维鹊有巢，维鸠方之；
之子于归，百两将之。
维鹊有巢，维鸠盈之；
之子于归，百两成之。

看看下面的注释，你就知道它是什么意思了！

①维：发语词。

②百两御之：用百两大车迎娶她。

喜鹊建造自己的巢，鸠鸟来居住。这个女子出嫁了，百辆轿车迎娶她。

喜鹊建造自己的巢，鸠鸟来居住。这个女子出嫁了，百辆轿车护送她。

喜鹊建造自己的巢，鸠鸟来居住。这个女子出嫁了，百辆轿车成全她。

博学角

秦晋之好

春秋时期的晋国和秦国，是紧挨在一起的邻居，晋献公将自己的女儿嫁给秦穆公当夫人，也就是“穆姬”，加强了两国的关系。晋献公去世以后，公子夷吾当上了国君。夷吾由于长年在外流浪，就请秦穆公派军队护送他回国，作为回报，答应割五座城池给秦国。夷吾（晋惠公）回国以后，并没有履行承诺。

晋惠公的不讲信用，让秦穆公十分不满。在公元前641年，晋国不幸发生了饥荒，秦穆公不计前嫌，送去很多粮食，帮晋国度过难关。第二年的冬天，秦国遇到了同样的困难，晋惠公却一点表示也没有。秦穆公大怒，率军攻打晋国，把晋惠公给逮住了。

穆姬听到这个消息后，穿上丧服，携子带女登上了一座堆满干柴的楼台，派人对丈夫说："上天降下灾祸，让秦、晋两君兵刃相见。现在晋君被您抓

了，他何时来京城，我就何时死去，请君王做好准备！”秦穆公慌了神，决定饶了晋惠公，把他放逐到灵台，待之以礼，他们还缔结了盟约。

从这以后，秦、晋两国一直维持着良好的关系，晋惠公还把太子子圉送到秦国当人质，秦穆公把宗女怀嬴嫁给子圉为妻。但子圉害怕当不了晋国的国君，在公元前638年的秋天，悄悄逃跑回晋国。第二年，晋惠公病逝，子圉当上国君，也就是晋怀公。他刻薄寡恩，不能容人，朝廷上下人人自危。

这个时候，晋公子重耳来到秦国，穆公决定帮他回国夺权。在公元前636年，秦国军队护送重耳回到都城曲沃，又派人杀死了晋怀公，重耳即位为王，也就是晋文公。

晋文公才智过人，为人忠厚谦逊，秦穆公非常喜欢他。以后，秦晋两国在整整六年的时间里一直和平共处，没有产生过严重的矛盾。“秦晋之好”由此得来。

智多星

1.晋惠公的下场是不是咎由自取，说一说你的理由。

2.对穆姬的行为，你认为是不是太冒险了？

3.秦、晋两国的友好，建立在什么样的基础之上？

4.“和为贵”是儒家的核心思想，也是共建和谐社会的基础，你还知道哪些这方面的故事？讲一讲，给大家听听。

七彩板

你平时和朋友们相处得怎么样？能否做到严于律己、宽以待人？

行露

厌浥①行露，岂不夙夜？
谓行多露。
谁谓雀无角？何以穿我屋？
谁谓女②无家？何以速我狱？
虽速我狱，室家不足！
谁谓鼠无牙？何以穿我墉？
谁谓女无家？何以速我讼？
虽速我讼，亦不女从！

看看下面的注释，你就知道它是什么意思了！

①厌浥：沾湿。

②女：同“汝”，你。

路上露水淋淋，难道是不愿凌晨赶路吗？是怕露水湿了身。

谁说麻雀没有坚硬的嘴？凭什么啄穿我屋顶？谁说你没有家？凭什么送我进牢狱？即使你把我送进牢狱，嫁娶的理由也不充分。

谁说老鼠没有坚硬的牙？为什么穿过我的墙？谁说你没有家？凭什么告我到公堂？即使你逼我上公堂，我也不会嫁给你。

博学角

罗敷拒太守

在汉代，有位美丽的女子，叫罗敷，擅长养蚕采桑。

有一天，她在城南边上采桑，把青丝绕在篮子上做络绳，用桂树枝做成篮子上的手提柄。她梳着倭堕髻，耳朵上戴着宝石耳环，下穿浅黄花纹的丝绸裙子，上穿紫色绫子做成的短袄。行人见了罗敷，放下肩上挑的担子看着她。年轻人见了罗敷，也身不由己，脱帽整理仪容。耕地的人忘了犁地，锄地的人忘了锄地。

恰好，太守坐车从南边过来了，就连拉车的五匹马都停住不前。太守让小吏过去打听，询问那位美女是谁。小吏回来答道："是秦家的美女罗敷。"太守又接着问："罗敷有多大了？"小吏答道："不

到二十岁，大概十五岁多一点。”太守吩咐小吏问罗敷：“可以一起坐车吗？”

罗敷上前答话说：“太守你真愚蠢！你本来就有妻子，我本来就有丈夫。他在东方当官，随从人马就有一千多。他常常骑着白马，马尾上拴着青丝，马头上戴着金色的笼头；腰间佩着鹿卢剑，宝剑能值上千钱。他十五岁就在太守的府上做小吏，二十岁在朝廷里当大夫，三十做了皇上的侍中郎，四十岁就成为一城之主。他的皮肤很白，略微长一点胡须；他缓缓地在府中踱着方步，从容不迫地出入官府。一次太守府中聚会，人人都说我丈夫与众不同。”

太守一听，赶紧走了。

智多星

1.对罗敷美貌的描写,是这个故事的一大特色,向老师请教一下,这是用了什么手法?

2.罗敷对他丈夫的叙述,你觉得可信吗?

3.罗敷机智敏捷地回答了太守的问题，并巧妙地拒绝了太守的邀请，既没有得罪他，又显示了超人的智慧。你在生活中遇到过这样的事吗？和小朋友们说一说。

4.读一读。

人有礼则安，无礼则危。——《礼纪》

七彩板

吴国由盛而衰，你能从中总结出什么深刻教训?

采蘩

于以采蘩①，于沼于沚；
于以用之，公侯之事。
于以采蘩，于涧之中；
于以用之，公侯之宫。
被之僮僮，夙夜在公；
被之祁祁，薄②言还归。

看看下面的注释，你就知道它是什么意思了！

①蘩：白蒿。

②薄：急急忙忙。

到哪里去采白蒿？在池沼，在沙滩。采来白蒿做什么？公侯祭祀需要它。

到哪里去采白蒿？在那山谷溪水旁。采来白蒿做什么？公侯宗庙需要它。

发髻高高耸起，早晚为公侯忙碌；忙完公事发髻乱，急急忙忙赶回家。

博学角

菊花仙子

从前，大运河边住着一个农民，名叫阿牛。他七岁的时候，父亲就去世了，母亲靠纺织勉强维持生计。在他十三岁的时候，他母亲的眼睛越来越不好使，他就对母亲说：“你眼睛不大好，今后就不要再整天干活了，我大了，可以养活你了！”他就到张财主那里做长工。

不幸的是，过了两年，母亲的病情越来越重，竟看不见东西了。

阿牛心想，无论如何也要治好母亲的眼睛。他边给财主做工，边起早贪黑种菜，想尽一切办法给母亲治病。

一天晚上，阿牛梦见一个美丽的姑娘来帮他种菜，对他说：“你沿着运河往西走数十里，那里有个天花荡，荡中有一棵白菊，可以治眼病，但要到九月初九才能开花，到那时你用这花煎汤给你母亲吃，定能让她痊愈。”

第二天，阿牛收拾行装，到天花荡去寻找白菊。他在那儿找了很久，才在草丛中找到一株白色的野菊。这株白菊非常特别，一梗分了九枝，只有一朵花开着，其他八个还是花骨朵。阿牛将这株白菊完整地挖了回来，种在自家的屋旁。他精心地浇水护理，不久其余八枚花朵也相继开放，芬芳扑鼻。他每日摘下一朵白菊煎汤给母亲喝下。吃完第七朵菊花后，她的眼睛就开始复明了。

张财主听到了这个消息。派了几个下人到阿牛家抢那株白菊。双方你争我夺，菊花不幸被折断，他们大摇大摆地走了。阿牛非常难过，坐在白菊旁伤心痛哭，直到深夜。

半夜，他的泪眼突然一亮，上次梦见的那位姑娘翩然而至。姑娘苦劝他："不要难过！这菊花的梗子虽断，根却在，你只要把根挖出来，移到别的

地方，还会长出白菊花来的。"阿牛问："你是什么人，请告诉我，我一定好好感谢你。"姑娘回答道："我其实是天上的菊花仙子，用不着报答，你只要按《种菊谣》去做，白菊肯定会活的。"接着她念道：

“三分四平头，五月水淋头，六月甩料头，七八捂墩头，九月滚绣球。”说完就不见了。

阿牛回屋仔细推敲《种菊谣》，终于明白了其中的意思：要在三月移植白菊，四月的时候掐头，五月时多浇水，六月要勤施肥，七月八月保护好根，这样九月才能开出菊花。阿牛按照菊花仙子的指点来做，果然，菊花的老根上长出了不少新枝。他剪下这些新枝去扦插，再按歌谣说的去栽培，到第二年的九月初九，真的开出了一朵朵香气满屋的白菊花。阿牛把种菊的技能传授给了村上的穷苦百姓，种白菊的人越来越多。

由于阿牛是九月初九找到的白菊，后来人们就把九月初九称为重阳老人节，还逐渐形成了赏菊花景、喝菊花茶、饮菊花酒等民风民俗。

智多星

1.想一想,阿牛能梦见菊花仙子,说明了什么?

2.为什么张财主得不到白菊,而村上的穷苦百姓可以得到?

3.自己还知道哪些与“菊花仙子”内容相似的故事?

4.模仿“菊花仙子”的写作手法写一篇童话故事。

七彩板

想一想，自己和阿牛比起来在孝敬父母方面还有哪些差距?比如在打水、扫地、洗衣、沏茶、买菜、做饭、养鸡、割草等方面，你能帮父母干多少家务活?以后打算怎么做?

羔羊

快乐诵

羔羊之①皮，素丝五紽；
退食自公，委蛇②委蛇。
羔羊之革，素丝五緎；
委蛇委蛇，自公退食。
羔羊之缝，素丝五总；
委蛇委蛇，退食自公。

看看下面的注释，你就知道它是什么意思了！

①紽：丝结，丝钮。

②委蛇：悠闲自得的样子。

身穿一件羔皮裘，
素丝合缝真考究。
退朝公餐享佳肴，
逍遥踱步慢悠悠。
身穿一件羔皮袄，
素丝密缝做工巧。
逍遥踱步慢悠悠，
吃饱喝足离公府。
身穿一件羔皮袍，
素丝纳缝质量高。
逍遥踱步慢悠悠，
吃饱喝足离公府。

博学角

子产不毁乡校

在春秋时代，郑国的百姓喜欢在乡间的学校聚集，你一言我一语地谈论国家主政的官员。

大夫然明知道后，对丞相子产说：“颁布一道法令，让他们不要聚集议论，免生是非，如何？”

子产回答道：“为何非要这么做呢？他们早晚聚在一起休息、说笑，自然是要议论我们这些官员为政的好坏。他们赞同的，我就尽量去做；他们厌恶的，我就立刻改正；他们都可以做我们的老师啊。为何还要打击他们呢？我只知道忠诚为善可以少些怨恨，从没听说过作威作福就可以防止怨恨。如果以势防怨而不能止住怨恨，就会如同大河决口，救治就已经晚了。因此，何妨开个小小的决口，让百姓的怨恨有发泄的地方，我就能坦然地听取并改正了。”子产的话让然明心悦诚服。

正是由于子产的广开言路，弱小的郑国出现了政治清明的气象。

智多星

1大夫然明为什么反对老百姓聚集议论？

2.然明听了丞相子产的论述后为什么心悦诚服？

3.这个故事和“召公劝谏周厉王”有什么相似之处？

4.读一读。

良药苦口利于病，忠言逆耳利于行。

——《增广贤文》

七彩板

在你们班里，同学们有议论班干部的情况吗？你认为这样做是有利，还是有弊？

采苹

于以采苹①？南涧之滨；
于以采藻？于彼行潦。
于以盛之？维筐及筥；
于以湘之？维锜及釜。
于以奠之？宗室牖下；
谁其尸之？有齐季女②。

看看下面的注释，你就知道它是什么意思了！

①苹：一种水草。

②季女：少女。

到哪里去采苹？到南面的水边；到哪里去采

藻？到有水的地方。

用什么来盛放？就用筐和筥；用什么来烹煮？就用锜和釜。

祭品放在哪里？宗庙的窗下；由谁来主祭？是斋戒的少女。

博学角

柳树与清明节

春秋时期，晋献公的宠妃骊姬为了让儿子奚齐继位，就设下毒计陷害太子申生，申生被迫自杀。重耳是申生的弟弟，为了躲避灾难，四处逃亡。

在这一段时间里，重耳饱尝屈辱。那些和他一起逃跑的臣子，走的走，散的散。只有少数几个忠于他的人，不离不弃，其中就有一位大臣叫介子推。

一次，重耳饿得晕了过去，介子推从腿上割下一块肉，把它烤熟了送给重耳吃。多年以后，重耳回国当上了君主，也就是“春秋五霸”之一的晋文公。

晋文公当政后，对那些与他患难与共的臣子进行奖赏，单单忘记了介子推。有的大臣在晋文公面前提起了介子推，晋文公忆起往事，非常愧疚，立即派人去请介子推。但是请了几次，他都不肯来，晋文公只好亲自去请。

到他家时，发现他背着老母躲进了绵山。搜山不得后，晋文公采纳了部下的主意：以大火烧山，从三面点燃，只留一个口，只要大火一起，介子推自然会走出来。谁知大火烧了三天，始终不见介子推出来。他们上山一看，母子俩抱着一棵烧焦的柳树死了。

晋文公一见，悲痛万分，他拜祭了介子推母子，打算厚葬他们的遗体。这时有人发现介子推的脊梁堵着一个树洞，里面仿佛有什么东西。掏出来一看，原来是一片衣襟，上面有一首血诗：

割肉奉君尽丹心，但愿主公常清明。
柳下作鬼终不见，强似伴君作谏臣。
倘若主公心有我，忆我之时常自省。
臣在九泉心无愧，勤政清明复清明。

晋文公将介子推和他母亲安葬在那棵烧焦的大柳树下。为了纪念他，晋文公下令把绵山改为“介山”，并在那里建了一个祠堂，把烧山的这一天定为寒食节，晓谕全国每年这天禁放烟火。

第二年，晋文公领群臣素服登山祭奠，只见那棵老柳树死而复活，千条绿枝，随风飘扬。晋文公看着复活的老柳树，如同看见介子推那样。祭扫之后，晋文公把这棵树赐名为“清明柳”，把这一天定为清明节。

智多星

1.你觉得介子推割肉事主是不是为了加官进爵？

2.晋文公请介子推的方式，你觉得可取吗？

3.试着翻译一下介子推的血诗。

七彩板

你学到了哪些优良的传统美德？和小朋友们说一说。

何彼襛矣

何彼襛①矣，唐棣之华！
曷不肃雍②？王姬之车。
何彼襛矣，华如桃李！
平王之孙，齐侯之子。
其钓维何？维丝伊缗③。
齐侯之子，平王之孙。

看看下面的注释，你就知道它是什么意思了！

①襛：繁盛的意思。

②肃雍：庄重和谐。

③缗：钓鱼绳。

为什么如此艳丽？是棠棣花盛开。怎么不整肃和谐？那是王姬的坐车。

为什么如此艳丽？这朵花美如桃李。是平王孙女出嫁，齐侯儿子迎娶。

钓鱼用什么线？用的是精美丝纶。是齐侯儿子迎亲，平王孙女出嫁。

博学角

包藏祸心

春秋时期，楚国的令尹公子围同伍举到郑国去拜访，还要迎娶郑国贵族丰氏的女儿。对这次迎亲，郑国人非常清楚——来者不善，故只让他们在京城外停留。举行了访问仪式后，公子围就想率军进城迎娶新娘。

郑国的令尹子产放不下心，派子羽前往解释说：“郑国的都城太小，容不下你们这些人，干脆就在城外挑个地方举行婚礼得了。”公子围一听有点不高兴，说道：“你们这种做法，既是不尊重郑楚之间的友好关系，也是对我的极大侮辱，对这个决定还需慎重考虑。”

子羽一听这话，只得明白地说：“我们郑国把女子嫁到你们楚国，还不是想依靠你们安定我们的国家。但如今你却要拥兵入我京城迎娶新娘，难道不是包藏着害人的心思，打我们的主意吗？”

伍举从子羽的话中听出了郑国已有戒备，就请求对方允许他们解除武装进城，郑国同意了这一请求。于是公子围就将丰氏的女儿从城中娶了出来。

智多星

1.公子围带兵到郑国的真实意图是什么？

2.两国相交，重在诚信，公子围没有得逞，说明了什么？

3.你对子产的智慧又有了什么新的认识？

4.你听过三国时期刘备娶妻、孙权“赔了夫人又折兵”的故事吗？请比较一下这两个故事的异同之处。

七彩板

在平常的交往中，你是否做到了坦诚相待？想一想，和小朋友们说一说。

江有汜

快乐诵

江有汜[①]。之子归，不我以！
不我以，其后也悔。
江有渚[②]。之子归，不我与！
不我与，其后也处。
江有沱。之子归，不我过！
不我过，其啸也歌。

看看下面的注释，你就知道它是什么意思了！

①汜：从主流分出又汇入主流的河。

②渚：水中沙洲。

长江有分流。这个人回老家，不带上我。不带上我，日后总要后悔。

长江有小洲。这个人回老家，不让我相伴。不让我相伴，日后总要回头。

长江有支流。这个人回老家，不让我去。不让我去，日后肯定悲叹。

博学角

孟姜女哭长城

在秦朝，有一个美丽善良的女子，叫孟姜女。某一天，她在自己家的院子里做针线活，一抬头发现葡萄架下藏了一个人，大吃一惊，正要四处喊人，只见那人恳求道："千万别喊，救我一命吧！我是范喜良，正在逃难。"原来，秦始皇为了修长城，正在四处征调壮劳力，饿死、累死的人不计其数。孟姜女把他救了下来，只见他文质彬彬，斯文俊秀，便对他产生了好感，而范喜良也很喜欢孟姜女。他俩情投意合，得到孟家父母的同意后，准备拜堂成亲。

那天，孟家一派喜气洋洋。眼看天快黑了，突然闯进来一队来势汹汹的官兵，二话不说，把范喜良抓到长城做苦工去了。喜事变悲事，孟姜女顿觉晴天霹雳，她想：与其坐在家里等，不如到长城去找他。打定主意后，孟姜女收拾好行装就上路了。

孟姜女一路上历尽千辛万苦，一刻也没有想到过放弃，最终，她到了长城。但始终不见范喜良的踪影。无奈之下，只好问一个民工：“请问你们认识范喜良吗？”他说：“有点印象。”孟姜女连忙再问：“他现在哪里？”民工说：“早死了，尸首填了城脚！”

孟姜女悲痛不已，大哭起来，一段长城被她哭塌了，露出了她丈夫的尸首。

智多星

1.范喜良到处逃命，从侧面说明了什么？

2.一段长城被孟姜女哭塌了，你觉得可信吗？

3.“孟姜女哭长城”是家喻户晓的故事，这篇文章的主题思想是什么？你是怎样理解的？

4.从这个故事中，你知道了哪些秦朝暴政的史实？

七彩板

你知道“覆水难收”这个词吗？讲一个与它有关的历史典故。

蒹葭

快乐诵

蒹葭①苍苍，白露为霜。
所谓伊人，在水一方②。
溯洄从之，道阻且③长。
溯游从之，宛在水中央。
蒹葭萋萋，白露未晞。
所谓伊人，在水之湄。
溯洄从之，道阻且跻。
溯游从之，宛在水中坻。
蒹葭采采④，白露未已。
所谓伊人，在水之涘。
溯洄从之，道阻且右。
溯游从之，宛在水中沚。

注译窗

看看下面的注释，你就知道它是什么意思了！

①蒹葭：泛指芦苇。

②一方：另一边。

③阻：险阻，道路难走。

④采采：众多的样子。

芦苇草长得非常茂盛，白色露水凝结成霜；所恋的那个人啊，在水的那一边。我想逆流而上去找寻她的踪影，道路艰难并且遥远；我想顺流而下去寻觅她的芳踪，她仿佛就在那水的中央。

芦苇草长得非常茂密，白色露水还没有晒干；所恋的那个人啊，她在那水岸上。我想逆流而上去寻找她，道路艰难且陡峭；我想顺流而下去寻访她，她仿佛就在那水中的小陆地上。

芦苇草长得非常茂密，白色露水还没有停止；所依恋的那个人啊，在那水边。我想逆流而上去找她，道路艰难并且曲折；我想顺流而下去找她，她犹如在水中的小沙滩上。

博学角

西施与范蠡

在春秋末期，太湖沿岸有吴越两个诸侯国，他们经常发生战争。公元前494年，吴越两国在太湖夫椒交战，越军大败，向吴国乞降。吴大臣伍子胥提出“杀掉勾践，以绝后患”的劝告，但吴王夫差不予理睬，却允许越国投降。他把勾践夫妇和大臣范蠡关在姑苏虎丘，让他们为自己养马。勾践君臣忍辱负重，装得非常谦卑恭敬，夫差以为他们已诚心归服，过了三年就把他们放了回去。

勾践回到越国，卧薪尝胆，勤于政事，过了二十年，越国强大了起来，等待时机报仇。

在这一时期，勾践采纳了谋臣范蠡提出的“美人计”，在越国找到两个美女——西施和郑旦。当地人说西施在浦阳江边浣纱时，水中的游鱼见到她的美貌，惊艳得沉到江底。范蠡请人教她们歌舞，让她们明白舍身报国的特殊使命，而且必须完成三件大事：让夫差沉溺于酒色之中，荒废国事；使夫差对外用兵，损耗吴国的实力；离间夫差和伍子胥的关系，使忠臣远离吴国。

她们进了吴宫后，深得夫差的喜爱。不久以后，郑旦由于爱国而忧愤病死，夫差便加倍宠幸西施。夫差长年和西施嬉戏游玩，不理朝政，让佞臣来处理国政，对外则穷兵黩武，致使田地荒芜，国库亏空。勾践借此机会讨伐吴国，打败了吴军，夫差被逼自刎。

吴国被灭以后，越国一跃成为东南大国，在中原称霸。范蠡深知“鸟尽弓藏”的道理，带着西施载舟而去，在太湖间出没，在七十二峰之间遨游。

智多星

1.你觉得西施是不是吴国灭亡的祸首？

2.周幽王“烽火戏诸侯”和夫差的行为有什么相似的地方？

3.你知道唐玄宗“骄纵杨贵妃“的历史典故吗？请给小朋友们讲一讲开元盛世从“路不拾遗、夜不闭户”到“奸臣专权、安史之乱”的经过。

4.你知道中国古代的四大美女吗？说一说她们的故事。

七彩板

吴国由盛而衰，你能从中总结出什么深刻教训？

相鼠

相①鼠有皮，人而无仪！
人而无仪，不死何为？
相鼠有齿，人而无止！
人而无止，不死何俟？

看看下面的注释，你就知道它是什么意思了！

①相：察看。

②俟：等待。

③遄：迅速。

看那老鼠都有皮，做人怎不讲威仪。
要是做人没礼仪，为何不死还活着？

看那老鼠有牙齿，做人怎不讲廉耻。
要是做人没廉耻，不死还想等什么？
看那老鼠有肢体，做人怎能不讲礼。
要是做人不讲礼，为何不去快快死？

博学角

马屁精易牙

春秋时代，齐国的相国管仲病得很重，在临终前对齐桓公说：“希望您远离易牙、竖刁、常之巫这帮小人。”

他们几个人中的易牙，可以说是不折不扣的马屁精，在宫廷里当厨子，烧得一手好菜。一次，桓公的爱妾长卫姬生病了，口中没味道，不想吃饭，易牙绞尽脑汁，费尽心思为她烧了好菜。长卫姬吃过以后，感觉很对胃口，精神大振，病也很快就好了。

从这以后，齐桓公就知道了易牙的本事，很有兴致地问易牙："我听说你很会烹调，我不想吃山珍海味了，想尝尝人肉的滋味。"其实，齐桓公只是说说而已，但易牙却记在了心里，一狠心，将自己的亲儿子杀了，挑好地方做了盘蒸肉给桓公吃。那肉无比的鲜嫩，似乳羊而胜乳羊，令人垂涎欲滴。桓公片刻把那肉吃个精光，对易牙赞道："什么肉会如此的鲜美呀？"易牙实话实说道："是人肉。"桓公

傻了眼："你从哪弄来的？"易牙老老实实地说了。桓公听了，一直没说话，让易牙退下后，想了半天，认为他这么干虽然太缺德，但他为了自己肯杀死自己的亲骨肉，表明他爱自己胜过他亲儿子，这样的人绝对靠得住！

管仲听说了易牙这件事，非常气愤，觉得他连自己的儿子也杀了献给国君，狠下心来，什么事情做不出啊。

果然不出所料，管仲所说的这些小人不甘心久为人下，得宠后，施诡计害忠良，把持国政，胡乱地发号施令。齐桓公死后，他们又大开杀戒，良臣没剩下几个了。

最后，孝公在宋襄公的帮助下，才治了易牙这些人的罪。

智多星

1.易牙有“厨圣”之称，你觉得他配吗？

2.易牙的结局说明了什么？

3.介子推“割肉敬君”与易牙“杀子侍主”有什么本质上的不同？

4.你还知道历史上其他有名的奸臣佞相、贪官污吏吗？结合实际说说这些坏人对国家、社会、人民的危害性。

七彩板

请列举出几位中国历史上深受人民爱戴的具有刚正不阿品行、铮铮铁骨意志的英雄人物，并讲讲他们的典型事例。

木瓜

投我以木瓜，报之以琼①琚。

匪②报也，永以为好也！

投我以木桃，报之以琼瑶。

匪报也，永以为好也！

投我以木李，报之以琼玖③。

匪报也，永以为好也！

看看下面的注释，你就知道它是什么意思了！

①琼：赤色玉。亦泛指美玉。

②匪：非。

③玖：浅黑色玉石。

他送我木瓜，我拿美玉报答他。美玉哪能算报答，是求永久相好呀！

他送我木桃，我报答他的是琼瑶。琼瑶哪能算报答，是求彼此永相好！

他送我木李，我报答他的是琼玖。琼玖哪能算报答，是求彼此好到底！

博学角

中山君失礼亡国

战国时期的中山君是一个小国的大王，一次，他为了笼络士大夫而摆下盛宴，邀请他们前来参加。有个叫司马子期的士大夫来得较晚，由于年轻地位低，坐在末座。大家喝美酒，吃野味，议论时政。在酒酣耳热之际，端来了羊肉汤，一人一碗，但是到司马子期面前时，羊肉汤却没了。

司马子期觉得很没面子，相当难堪，愤怒地转身便走。他后来跑到楚国，劝楚王攻打中山君，自己当向导。

楚国是个很大的国家，军队实力很强。楚军与中山国的军队一交战，就被打得乱了阵脚，中山君狼狈逃窜。在沿途，两个手执武器的人一直紧紧跟随着他，帮他御敌。中山君很奇怪地问：“你们是

谁，为何这么拼命地保护我呢？”

两人说道：“大王您还有印象吧？一年夏天，我们的父亲在桑树下边饿得眼睛都睁不开了，眼看就快没命。这时，您拿出一壶稀饭，给他喝了，才免于饿死。后来他临终时告诉我们：‘以后中山君有难，你们一定要以死相报。’我们这样做是礼尚往来，回报您的大恩啊！”

中山君听完之后仰天长叹：“给人家的东西不论多少，关键是在他有困难的时候；失礼得罪人，怨恨不论深浅，关键在于让人伤心啊。我由于一碗羊肉汤而失礼，结果失了国家；由于一壶稀饭救了一个人，危难时得到两人以死相报！仁爱礼仪，真是太重要了！”

中山君失礼亡国，教训让人深思。

智多星

1. 你觉得司马子期被怠慢，是不是主人故意的？

2. 司马子期因为一碗羊肉汤，而建议楚国攻打中山国，你认为他是不是小题大作？

3. 中山君救了快要饿死的老汉，说明了什么？

4. 通看全文以后，你觉得中山君是一个什么样的人？

七彩板

礼尚往来是古往今来都倡导的，在平时，你能做到这一点吗？

硕鼠

快乐诵

硕鼠硕鼠[1]，无食我黍！
三岁贯女，莫我肯顾。
逝[2]将去女，适彼乐土。
乐土乐土，爰得我所？
硕鼠硕鼠，无食我麦！
三岁贯女，莫我肯德。
逝将去女，适彼乐国[3]。
乐国乐国，爰得我直？
硕鼠硕鼠，无食我苗！
三岁贯女，莫我肯劳[4]。
逝将去女，适彼乐郊。
乐郊乐郊，谁之永号？

看看下面的注释，你就知道它是什么意思了！

①硕鼠：大老鼠。一说田鼠。

②逝：通“誓”。去：离开。女：同“汝”。

③国：域，即地方。

④劳：慰劳。

大老鼠呀大老鼠，不要吃我种的黍！
多年辛苦养活你，我的生活你不顾。
发誓从此离开你，到那理想新乐土。
新乐土呀新乐土，才是安居好去处！
大老鼠呀大老鼠，不要吃我大麦粒！
多年辛苦养活你，拼死拼活谁感激。
发誓从此离开你，到那理想新乐邑。
新乐邑呀新乐邑，才是我的好所在！
大老鼠呀大老鼠，不要吃我种的苗！
多年辛苦养活你，流血流汗谁慰劳。
发誓从此离开你，到那理想新乐郊。
新乐郊呀新乐郊，谁还悲叹长呼号！

博学角

最穷的皇帝袁术

公元197年二月，袁术不顾下面人的反对，抱着抢来的玉玺，登基当上了皇帝。袁术还设置了公卿百官，做得像模像样，但他根本没有看清当时的形势。

这时的袁术已经风光不再，地盘只有两个郡，袁术又很荒淫奢侈，把原来富裕的淮南地区糟蹋得残破不堪。而当年正值大旱，田地里颗粒无收，百姓四处流亡，还出现了人吃人的惨况，袁术手下的士兵也都是饥一顿，饱一顿。袁术却还是花天酒地，后宫的数百嫔妃，全都绫罗绸缎，天天山珍海味。结果是“资实空尽，不能自立”，不靠别人打，自己就熬不下去了，变成了历史上最穷的皇帝。

袁术的称帝，还得罪了其他割据势力，曹操、吕布、刘备群起而攻之，他在战场上节节败退，剩下的地盘也被夺走。公元199年，袁术烧完宫殿，带着随从投靠部下陈简、雷薄。他们早就知道了这位皇上的德行，一口拒绝。袁术走投无路之下，厚脸去求原已反目成仇的兄弟袁绍收留。袁绍派长子前往青州迎接。谁知在赶往青州途中，袁术遭到曹操、刘备的攻击。袁术掉头逃往寿春，在路上一病不起，死了。

智多星

1.你认为袁术失败的原因有哪些？

2.在这些原因当中，哪一个是最主要的？

3.设想一下，如果袁术能够勤政爱民，即使遭到其他势力的攻击，他还会那么惨吗？

4.读一读。

多行不义必自毙。

七彩板

三国时期，还有很多类似于袁术的势力，他们的结局也不好，试着去收集一下他们的故事，讲给小朋友们听。

蟋蟀

快乐诵

蟋蟀在堂[1]，岁聿其莫。
今我不乐，日月其除。
无[2]已大康，职思其居。
好乐无荒，良士瞿瞿。
蟋蟀在堂，岁聿其逝。
今我不乐，日月其迈。
无已大康，职思其外。
好乐无荒，良士蹶蹶[3]。
蟋蟀在堂，役车其休。
今我不乐，日月其慆。
无已大康，职思其忧。
好乐无荒，良士休休[4]。

注译窗

看看下面的注释，你就知道它是什么意思了！

①堂：堂屋。天气寒冷时蟋蟀从野外进到堂屋。

②无：勿。

③蹶蹶（音贵）：动而敏于事。

④休休：安闲自得，乐而有节貌。

蟋蟀在屋里叫，一年快要到底。
如今再不寻乐，时光所剩无几。
可别过分安逸，本分不要忘记。
寻乐不荒正业，贤士应该警惕。
蟋蟀在屋里叫，一年还剩几分。
如今再不寻乐，时光不肯等人。
可别过分安逸，别忘其他责任。
寻乐不荒正业，贤士个个勤奋。
蟋蟀在屋里叫，岁末役车都停。
如今再不寻乐，时光都要溜尽。
可别过分安逸，还该想着苦事。
寻乐不荒正业，贤士所以宽心。

博学角

楚庄王克制欲望

楚庄王是春秋五霸之一，他能主动隔绝欲望对象。一次，令尹子佩请楚庄王参加宴会，他愉快地答应了。子佩在京台把宴会准备得差不多了，不见楚庄王驾临。次日，子佩拜见楚庄王时，询问他不

去赴宴的原因。楚庄王说："听说你在京台摆下盛宴。在京台这个地方，向南可见料山，脚下正对方皇之水，左边是长江，右面是淮河，人到了那里，会快活得忘了死的痛苦。我是德性浅薄的人，无法承受如此的快乐。我怕会沉迷于此而流连忘返，误了国家大事，因此改变初衷，不来赴宴了。"

这样，楚庄王为了克制自己享乐的欲望，不去京台赴宴。由于他能注意与欲望对象保持一定的距离，在登基后"三年不鸣，一鸣惊人；三年不飞，一飞冲天"，成为一位明君。

智多星

1.楚庄王自称“德性浅薄”，看完全文以后，你同意他的观点吗？

2.如果他去了京台，你觉得他会怎样，想象一下。

3.查一查“一鸣惊人”的意思。

4.读一读。

业敬于勤，荒于嬉。

七彩板

你是如何处理“劳”和“逸”之间关系的，结合日常生活学习中的具体事例谈谈自己的经验。

无衣

岂曰无衣，与子同袍。
王①于兴师，修我戈矛，与子同仇。
岂曰无衣，与子同泽②。
王于兴师，修我矛戟，与子偕作③。
岂曰无衣，与子同裳。
王于兴师，修我甲兵，与子偕行。

看看下面的注释，你就知道它是什么意思了！

①王：指国家。

②泽：内衣。

③偕作：一起行动。

谁说没有衣裳？和你穿一件大衣。君王要起兵，修整好戈和矛，和你同仇敌忾！　谁说没有衣裳？和你同穿一件内衣。君王要起兵，修整好矛和戟，和你共同作准备！

谁说没有衣裳？和你同穿一件下衣。君王要起兵，修整好铠甲和兵器，和你共同上前线！

博学角

西汉名将霍去病

公元前121年春，霍去病被提升为“骠骑将军”，率上万骑兵从陇西出发，攻打河西匈奴右贤王诸部，在6天之内连续攻破五个部落，差点活捉单于之子，以直取的态势，让浑邪、休屠二王万分惊恐，日夜提防汉军的进攻。霍去病命令全部将士口中衔着竹箭，马匹摘去响铃，悄悄沿焉支山向东急驰1000多里到皋兰山下，与卢候、折兰二王进行肉搏战。这个时候，汉军由于长途跋涉，人马非常疲惫，霍去病一声高呼，策马向前，击杀敌军，汉军的士气大振，接连斩杀卢候、折兰二王及部众近9000人，俘虏了浑邪王之子，缴获休屠王的“祭天金人”。

这年夏天，霍去病与公孙敖率几万骑兵从北地郡出发，讨伐匈奴右贤王，以使河西匈奴有生力量完全消灭。公孙敖部迷失道路，没能如期会师，霍去病就随机应变，率兵翻过居延海，转向东南，从祁连山麓烁得猛烈攻击浑邪、休屠二王，杀敌无数，匈奴终于退出了河西走廊。他们为此悲歌：

失我祁连山，使我六畜不蕃息；失我焉支山，使我嫁妇无颜色。

两年之后，霍去病不幸病逝，只有24岁。汉武帝特为他举行了隆重的葬礼，披铁甲的官兵列队将灵柩送到茂陵东，葬在外形模仿祁连山的高大墓中，墓前还有14件大型圆雕石刻，上面刻着他的座右铭：

匈奴未灭，何以家为！

智多星

1.霍去病在人马疲惫的情况下，是如何振奋人心的？

2.公孙敖部迷失道路后，霍去病是如何随机应变的？

3.试着翻译匈奴人唱的悲歌。

4.霍去病的座右铭体现了什么精神？

七彩板

你还知道哪些为国征战的大将，将他们的故事讲给小朋友们听。

鸨羽

快乐诵

肃肃①鸨羽，集于苞栩。
王事靡盬，不能艺②稷黍。
父母何怙？悠悠苍天！
曷③其有所？
肃肃鸨翼，集于苞棘。
王事靡盬，不能艺黍稷。
父母何食？悠悠苍天！
曷其有极④？
肃肃鸨行，集于苞桑。
王事靡盬，不能艺稻粱。
父母何尝？悠悠苍天！
曷其有常？

看看下面的注释，你就知道它是什么意思了！

①肃肃：鸟翅扇动的响声。

②艺：种植。

②曷：何。

④极：终止。

大雁簌簌拍翅膀，成群落在柞树上。
王室差事做不完，无法去种黍子和高粱。
靠谁养活我爹娘？高高在上的老天爷，
何时才能得安身？
大雁簌簌展翅飞，成群落在枣树上。
王室差事做不完，无法去种黍子和高粱。
赡养父母哪有粮？高高在上的老天爷，
做到何时才收场？
大雁簌簌飞成行，成群落在桑树上。
王室差事做不完，无法去种稻子和高粱。
用啥去给父母尝？高高在上的老天爷，
生活何时能正常？

博学角

晏婴爱惜民力

春秋时代的晏婴，是齐国著名的政治家。他经常劝齐景公要爱民，但齐景公却不听，总是不断扰民。

一次，齐景公命令民工造大台，弄得齐国民不聊生，众百姓痛苦不堪。晏婴出使回来看到了这一情景，马上劝齐景公不要造台，齐景公这次同意了。晏婴没有急于回家，而是立即赶到工地，催民工抓紧干活，如有懈怠，就用鞭子抽打他们。他骂累、打累之后，才回到家里。晏婴离开工地没多久，齐景公的传令官就来了，下令立即停止施工，民工解散回家。一听此令，民工齐声欢呼，仿佛遇到大赦，兴冲冲地赶回家去了。

显然，晏婴是故意把“贤名”让给国君，把“恶名”顶在自己头上。

智多星

1.如果晏婴没有打骂民工，齐景公会那么快停工吗？

2.晏婴的办法好在哪里？

3.齐景公停工的行为，说明了什么？

4.读一读。

仁者谓其中心欣然爱人也。

——韩非子

七彩板

在你的家乡，有没有像晏婴那样的有仁有智的好官，去了解一下。

采苓

快乐诵

采苓[1]采苓，首阳之巅。
人之为[2]言，苟亦无信。
舍旃舍旃，苟亦无然[3]。
人之为言，胡得焉？
采苦采苦，首阳之下。
人之为言，苟亦无与。
舍旃舍旃，苟亦无然。
人之为言，胡得焉？
采葑[4]采葑，首阳之东。
人之为言，苟亦无从。
舍旃舍旃，苟亦无然。
人之为言，胡得焉？

注译窗

看看下面的注释，你就知道它是什么意思了！

①苓：苓为甘草。

②为："伪"的借字。

③无然：不要相信真是这样。

④葑：菜名。

采甘草啊采甘草，在那首阳高山顶。有人专爱说假话，千万不要胡乱听。抛弃谣言别理睬，流言蜚语不可靠。有人专爱说假话，到头什么能捞到！

采苦草啊采苦草，在那首阳山脚底。有人专爱说假话，千万不要胡乱信。抛弃谣言别理睬，流言蜚语不可靠。有人专爱说假话，到头什么能捞到！

采芜菁啊采芜菁，一直采到首阳东。有人专爱说假话，千万不能乱听从。抛弃谣言别理睬，流言蜚语不可靠。有人专爱说假话，到头什么能捞到！

博学角

周公避谣

武王建周王朝后，两年以后就害病死了。他儿子姬诵继承王位，也就是周成王。叔父周公全力辅助成王，处理国事，可是他弟弟管叔、蔡叔却在外面造谣生事，说周公有野心，要篡夺王位。

纣王儿子武庚虽被封为殷侯，但受到周朝的监视，很不自由，希望周朝发生内乱，恢复他殷商的王位，就和他们串通一气，联络一批殷商旧贵族，煽动东夷几个部落，闹起叛乱。武庚和管叔等人的谣言，使镐京也沸沸扬扬，就连召

公奭也怀疑起来。成王年纪小，更弄不清是真是假，对叔父也有点信不过。

周公很难过，他向召公奭披肝沥胆地谈了一次话，说他绝无野心，让他顾全大局，不可轻信谣言。召公奭被他感动，重新和周公合作。周公安定了内部后，调动大军，率兵东征。这时，东方有几个部落都配合武庚，待机而动。周公授权给太公望，各国诸侯如有不服周朝的，都由他征讨。太公望后来控制了东方，他全力对付武庚。

三年以后，周公终于平定了叛乱，把武庚杀了。管叔一见武庚失败，觉得没有面目见他的哥哥和侄儿，也上吊自杀了。

智多星

1. 管叔和蔡叔造谣的目的是什么?

2. 武庚的行为算不算以怨报德?

3. 周公是如何来处理谣言的?

4. 查一查“众口铄金，积毁销骨”的意思。

七彩板

在生活中，你是如何对待流言的？周公的做法给你什么启发?

山有枢

快乐诵

山有枢[1]，隰有榆。
子有衣裳，弗曳弗娄。
子有车马，弗驰弗驱。
宛[2]其死矣，他人是愉。
山有栲，隰有杻。
子有廷内，弗洒弗扫。
子有钟鼓，弗鼓弗考。
宛其死矣，他人是保[3]。
山有漆[4]，隰有栗。
子有酒食，何不日鼓瑟？
且以喜乐，且以永日。
宛其死矣，他人入室。

看看下面的注释，你就知道它是什么意思了！

①枢：木名。

②宛：死貌。

③保：占有。

④漆：木名。

枢树生长在山坡，洼地榆木长得多。
你既有衣又有裳，为啥不拿来穿着？
你既有车又有马，不去驱驰为什么？
忽然一天你死去，徒让别人来享乐！
山上栲树迎风飘，洼地杻树长得好，
你有庭院和房屋，为啥懒得去打扫？
你有钟鼓好乐器，为啥不把它们敲？
忽然一天你死去，徒让别人来逍遥。
山上生长有漆树，洼地栗树长满路。
你既有酒又有肴，何不弹琴又鼓瑟？
既是可以供娱乐，姑且用它度时光。
忽然一天你死去，徒让别人来居住。

博学角

大昏君周幽王

周幽王是历史上有名的大昏君。他宠爱褒姒，由于褒姒喜欢听裂帛的声音，他就将大匹大匹的丝绸撕成一条条的。为了博得褒姒一笑，点燃烽火台，各路救援诸侯马不停蹄地赶来护驾，才发觉上当受骗了。他还对百姓进行重重剥削，天灾人祸不断，人民困苦不堪。又重用大奸臣尹太师，使朝廷混乱，人心惶惶。

一位叫家父的大臣非常着急，盼望周幽王能改变。他写了一首诗：

节南山岩石垒垒，尹太师威名赫赫，人民都盯着你看。

心里忧愁得像在火上煎熬，却不敢将你戏笑。

王业已衰国运将断，为何你却看不见？……

但周幽王不听劝谏，还是我行我素，最后被杀死在骊山脚下，西周王朝就灭亡了。

智多星

1 周幽王将大匹大匹的丝绸撕成一条条的，而人民却衣不蔽体，你是如何评价这种行为的。

2 去找一找“烽火戏诸侯”的故事，和小朋友们讲一讲。

3 试着解释一下家父写的那首诗的意思。

4 你认为周幽王败亡的原因有哪些？

七彩板

平时，你是如何对待钱财的，周幽王撕丝绸的行为，对你有什么警示？

终南

终南何有？有条[1]有梅。
君子至止，锦衣狐裘。
颜如渥丹，其君也哉。
终南何有？有纪有堂。
君子至止，黻[2]衣绣裳。
佩玉将将[3]，寿考不忘[4]。

看看下面的注释，你就知道它是什么意思了！

①条：山楸。

②黻：黑白花纹的衣服。

③将将：佩玉之声。

④寿考不忘：万寿无疆。

终南山上有什么，既有山楸又有楠。君王受封来此山，锦衣狐裘身上穿。脸色红润像涂丹，君王气度真不凡。

终南山上有什么，既有枸杞又有棠。君王受封来山上，锦衣狐裘身上穿。身上佩玉声锵锵，祝君大寿万年长。

博学角

对联难倒未婚夫

名门之子颜伯焘，在嘉庆帝邀请下进宫朝见，获得赏识后，便开始飘飘然，安于现状，陶醉在富豪生活之中，不愿学习，成天与邻居的小孩在院中斗蟋蟀。

他爸爸颜检见儿子功课荒废，非常生气。这时候，同朝好友戴衢亨来访，发现他面色不好，忙问原因。颜检只得实话实说。戴老先生听后大笑，说：“这有何难？我有一女，从小喜欢寻书问诗，而且泼辣刁蛮。我俩手足情深，愿将小女配与伯焘为妻，来管束伯焘攻读诗书，不知意下如何？”颜检听了，大喜道：“好，老身就把不才之子交给你了！”

戴衢亨回去说了，女儿要伯焘接受面试，如果

没有才学，坚决不嫁。这正中两老下怀，就爽快地应允下来。面试的时候，戴小姐吟了句诗联，要颜

伯焘对答，他想了老半天，竟答不出来。戴小姐有话在前，一口拒绝婚事。颜伯焘当场羞愧不已。后来写了一副对联：

动念即应思改过，得闲何不再读书。

挂在书房，从此不再偷懒贪玩，发奋读书，学业突飞猛进。1812年，颜伯焘满二十岁，考中了庚午科顺天举人，1816年又考上进士，任翰林院编修一职。

智多星

1.如果你是颜伯焘，得到皇帝的表扬，你会像他那样骄傲吗？

2.戴小姐提出要面试，这个方法好在哪里？

3.颜伯焘受到打击后，从此奋发图强说明了什么？

4.查一查“金玉其外，败絮其中”的意思。

七彩板

你有没有偷懒不想学习的时候，看了颜伯焘的故事，你有什么体会？

墓门

墓门①有棘，斧以斯之。
夫也不良，国人知之。
知而不已，谁昔②然矣。
墓门有梅，有鸮③萃止。
夫也不良，歌以讯之。
讯予不顾，颠倒思予④。

看看下面的注释，你就知道它是什么意思了！

①墓门：墓的大门，一说陈国城名。

②谁昔：往昔，由来已久。

③鸮：猫头鹰。

④颠倒思予：思想混乱，分不清好歹。

墓门有棵酸枣树，拿起斧头砍掉它。
那人不是好东西，国中人人都知道。
知道他坏不悔改，从来他就是这样。
墓门有棵梅子树，猫头鹰来住上边。
那人不是好东西，作歌规劝他悔改。
规劝他也不悔改，不分是非和好歹。

博学角

平原君荐贤

战国时期，平原君任赵国宰相，替他管田庄的大管家就有九个。平原君的九个大管家仗着主人势力，不把国法和普通官吏放在眼里。他们的田庄从不向国家交税。上行下效，许多贵族官僚也不肯交税，赵国收入大减，国力衰退。

这时，赵惠文王让赵奢当征税官，他官儿不大，胆子却不小。一上任，就把平原君的九个大管家杀了。他的举动震动了赵国上下，大家都为他捏了一把汗，认为他性命难保。

平原君知道九个管家被杀后，七窍生烟，派人

把赵奢抓来，问道："赵奢你好大胆，为何杀我家

人？”

赵奢说：“您这么富贵，是由于有赵国。试想一下，赵国没了，您还会这么富吗？您的管家抗税，别人又跟着学，长此下去，国家会长久吗？身为宰相，您难道愿意为一己之私去害自己的国家吗？您不怕天下人耻笑，杀我好了！”平原君哑口无言，他给赵奢松了绑。次日，亲自向赵王举荐赵奢，让他负责赵国的财政赋税工作。

赵奢上任后，有平原君大管家被杀的例子，权贵们都不敢抗税。几年后，赵国就富强起来了。

智多星

1.赵奢先杀大管家不杀那些权贵，这办法好在哪里？

2.他敢这样做，依靠的是什么？

3.平原君为什么向赵王推荐赵奢？

4.权贵们后来为何不敢抗税？

七彩板

查了“杀一儆百”的意思后，结合这个故事，写一篇读后感。

中华文化源远流长，博大精深，是中华民族赖以生存的精神支柱和心灵家园。《中国文化经典基础教育诵本》萃取中华文化经典中的精华，配以译文、白话故事，勾勒图画，寓意深刻，引导青少年反省自身，进而养成仁慈博爱、孝亲敬师、诚实守信、自强进取的传统美德。

上架建议：课外读物

ISBN 978-7-5525-2958-6

定价：22.50元

责任编辑：陈建琼

中国文化经典基础教育诵本

唐诗精选

吴小晴◎主编

黄河出版传媒集团
阳光出版社

文化經典

中国文化经典基础教育诵本

大学
礼记
论语
孟子
尚书
诗经
孝经
易经
中庸
弟子规
千字文
三字经
增广贤文
笠翁对韵
宋词精选
唐诗精选
幼学琼林
春秋左氏传